U0087813

禮物

繪本作家　薛智（Seol.zzi）

以風趣的人物插畫、靈活的構圖，以及活潑的色彩運用而受到大眾喜愛的插畫家。
出版過《快樂魔法書》和《染色濟州》，為單行本《不知不覺變大人》、《媽媽真漂亮》、《我親愛的朋友》、金濟東的《有這種時候吧？》等書籍畫過插圖。
曾和東遠F&B臉書、本粥形象廣告和三星Notebook Pen廣告等各企業合作。
《禮物》是她自行創作的第一本繪本。

© 禮物　　2019年12月初版一刷

文圖／薛智　譯者／林雯梅
責任編輯／陳奕安　美術編輯／陳惠卿
發行人／劉振強　發行所／三民書局股份有限公司　地址／臺北市復興北路386號
電話／02-25006600　郵撥帳號／0009998-5
門市部／(復北店)臺北市復興北路386號 (重南店)臺北市重慶南路一段61號
三民網路書店／http://www.sanmin.com.tw
編號：S859051　ISBN：978-957-14-6729-0

禮物

薛智／文圖
林雯梅／譯

三民書局

我們家即將要慶祝一件事。

媽媽說，等四個季節過去，我就要當姐姐了。

山茶花
側金盞花
水仙花
海藻
繡球花
扁柏
要去的地方

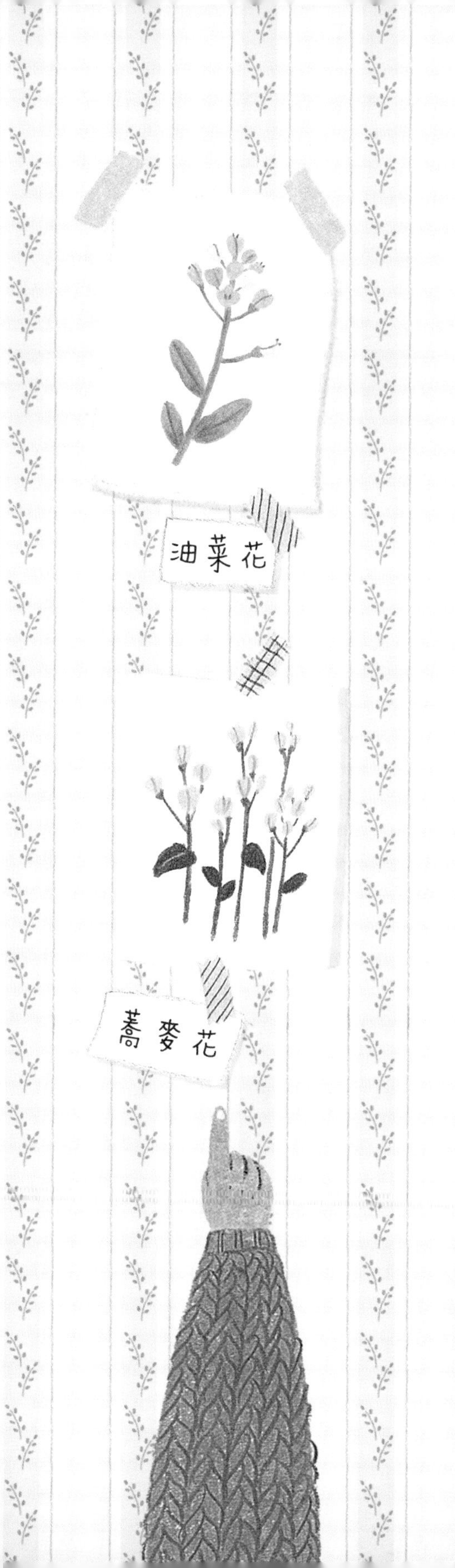

我們決定
為那天準備一份禮物。

我和爸爸、哥哥，還有貓咪咕咕一起出發到遠方旅行。

媽媽，我們會平安回來的！

我們在白色雪地上遇見盛開的山茶花。
連綠繡眼也飛來這裡尋找花蜜！

側金盞花在積雪融化時盛開。
天氣也開始變暖和了。

黑漆漆的夜晚降臨，
星星一般的水仙花照亮著我們。

水仙花，要不要和我們一起走啊？

春天來了。

跳進黃澄澄波光蕩漾的油菜花田裡，

撲通！

無邊無際的綠茶田，
散發著清新的香氣。

真是好險，差一點就找不到咕咕了！

椰棗樹什麼時候長得這麼高了呢？
和彩霞般的紅鶴朋友們
一起蹦蹦跳跳！

大海中海藻隨波搖曳，
海星王子幫忙我們採集海藻。

王子，謝謝您！

繡球花好像奶奶圓圓的捲髮。
咕咕跟我也有了捲捲頭！

跟著候鳥飛到森林步道。
進到樹林裡，微風真涼爽。

一叢叢的樹木看起來像一座座的山。

蕎麥花田就像積滿雪的田野。
我們在軟綿綿的花田上滾來滾去！

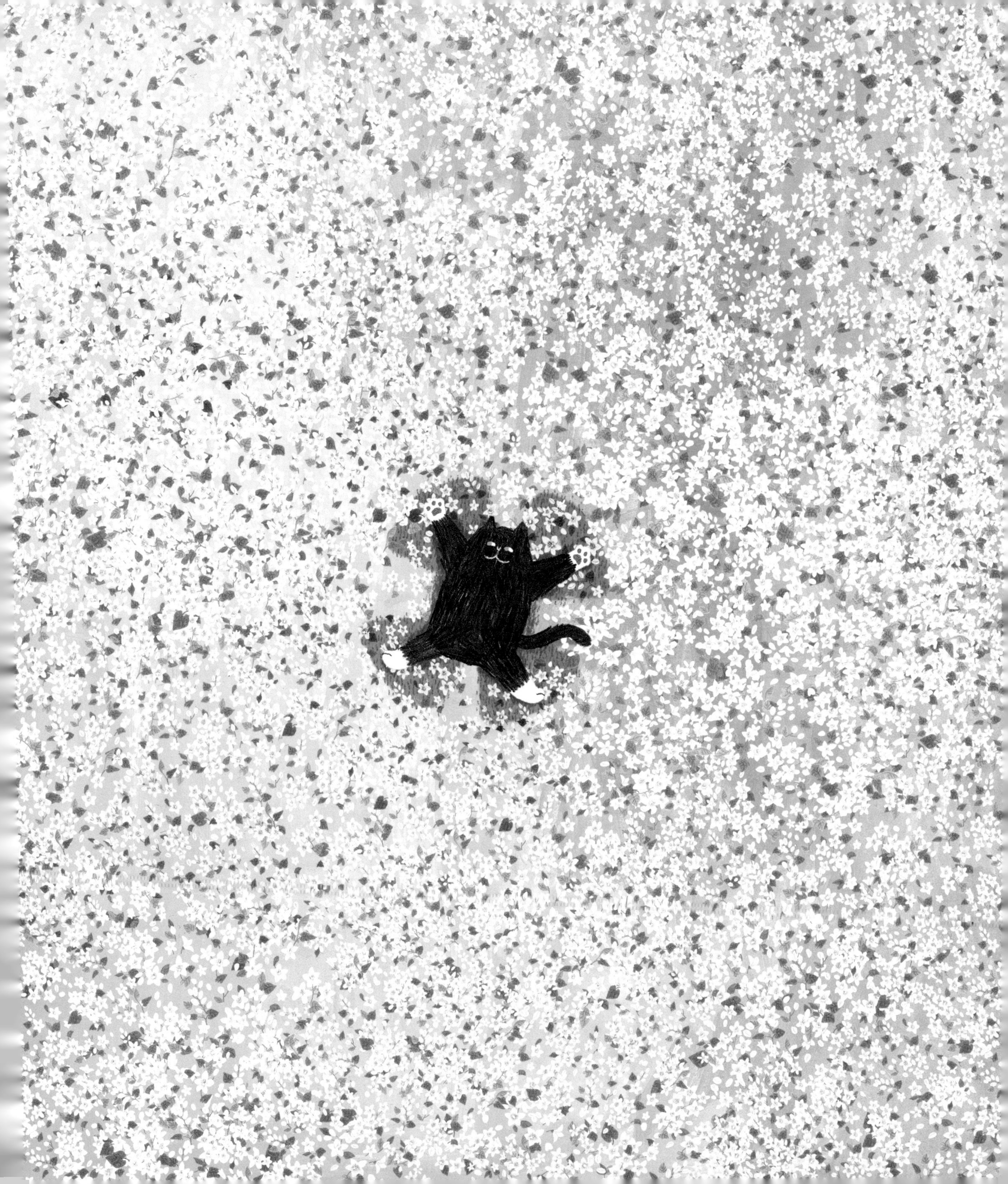

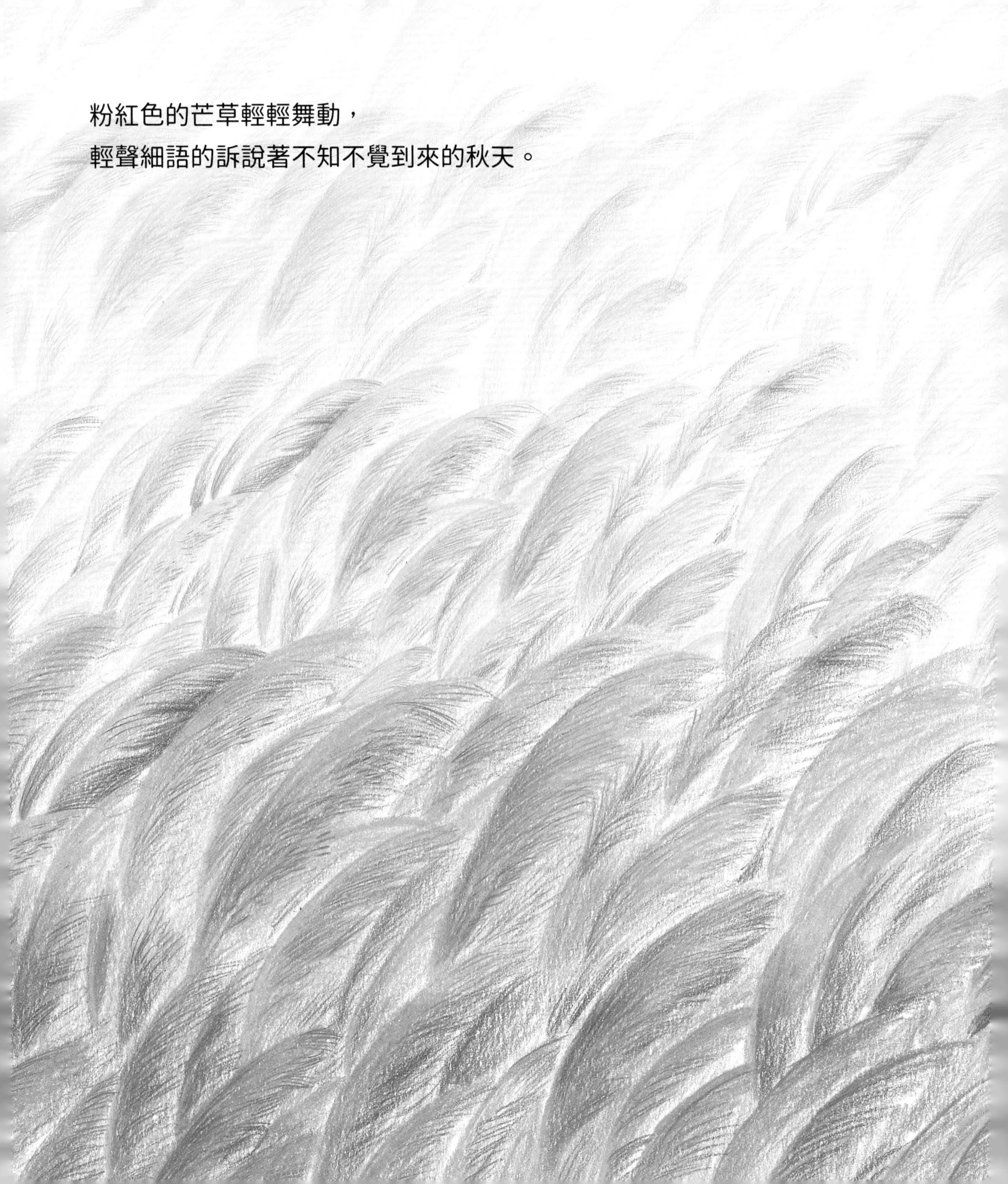

粉紅色的芒草輕輕舞動，

輕聲細語的訴說著不知不覺到來的秋天。

得快點裝滿花籃才行，

卻忍不住一直把圓滾滾的橘子塞進嘴巴裡！

當冬天再次來臨時，
我們回家了。

小寶寶終於出生了。
在我們為他做的柔軟花床上，
寶寶香甜的熟睡著。

寶寶呀，謝謝你來到我們的身邊。